Le Carlin qui voulait être un Renne

As-tu lu la première aventure de Peggy ?

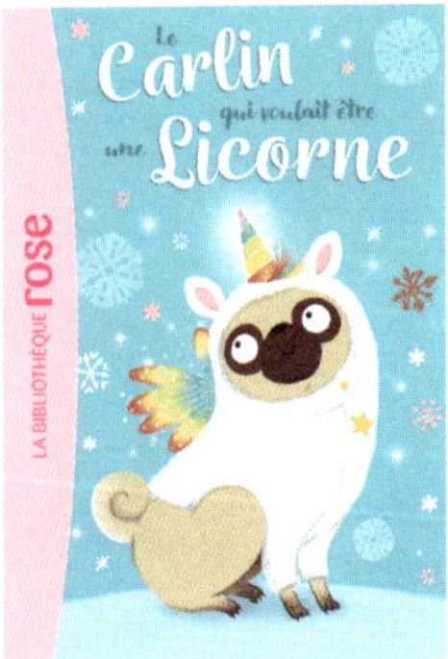

Cet ouvrage a initialement paru en langue anglaise sous le titre :
The Pug who wanted to be a Reindeer.

Texte : Bella Swift.

Traduction et adaptation : Catherine Kalengula.
Conception graphique : Claire Kocik.
Colorisation des illustrations originales : Sandra Violeau.

Hachette Livre, 58, rue Jean-Bleuzen, 92178 Vanves Cedex.

Le Carlin qui voulait être un Renne

hachette JEUNESSE

Peggy

Peggy est un adorable petit carlin qui ne demande qu'à être aimé. Câline et joueuse, elle adore passer du temps avec Chloé. Mais sa plus grande crainte, c'est qu'on l'abandonne…

La famille d'adoption

Cela fait déjà un an que Peggy a trouvé un foyer où elle se sent heureuse, et un merveilleux événement approche à grands pas : Noël…

Tandis que le petit carlin somnole, un claquement de porte le sort de sa rêverie.

– On est là ! s'écrie une voix, suivie par un bruit de cartables qu'on abandonne dans l'entrée.

Chloé ! se réjouit Peggy, qui agite aussitôt sa queue en tire-bouchon.

Ni une ni deux, elle fonce retrouver son amie, en courant aussi vite qu'elle le peut. Place à la séance de câlins !

– Tu me manques *teeellement* quand tu n'es pas là ! confie la petite chienne.

Évidemment, Chloé n'entend que des aboiements. Mais Peggy lui lèche le visage, histoire de mieux se faire comprendre.

C'est ensuite au tour de Ruby, la petite sœur de Chloé, de la caresser. Cet automne, il y a eu de grands changements dans la famille ! Ruby est entrée à l'école maternelle, Finn va désormais au lycée, et la maman a ouvert un café en ville. Le papa travaille parfois à la maison, comme aujourd'hui. Mais la plupart du temps, dans la journée, Peggy se retrouve seule.

– Ça s'est bien passé à l'école ? demande le père à ses deux filles.

– Oui, lui répond Chloé, sans plus de précision.

Hum, ça, c'est bizarre, pense Peggy. D'habitude, lorsqu'elle rentre, son amie est un véritable moulin à paroles.

– C'était horrible, se plaint Ruby. Mme Roberts est méchante et elle fait peur.

– Bien sûr que non, réplique le papa, en riant.

– Si, insiste la fillette. Elle a une grosse voix et elle aime gronder les enfants.

Chloé l'aide à ôter son manteau.

– Moi aussi, je trouvais Mme Roberts un peu effrayante, quand j'allais à l'école maternelle. Mais en fait, elle est super gentille, et c'est une très bonne professeure.

– Exact, approuve le père. Chloé a mis un peu de temps à s'habituer, elle aussi. Mais une fois qu'elle est devenue amie avec Ellie, tout s'est arrangé.

Le sourire de Chloé s'efface brusquement, ce qui n'échappe pas à l'attentive Peggy.

Qu'est-ce qui se passe ? se demande-t-elle.

Elle suit la famille jusqu'à la cuisine, où des biscuits en forme d'étoiles, de rennes et de sapins sont en train de refroidir.

– On peut en manger ? demande Chloé.

– Oui, mais seulement un chacune, accepte le papa. Ils sont pour le marché de Noël organisé par l'école.

Chloé partage le sien avec Peggy, ravie. Comme tous les jours, la petite chienne s'attend à ce que son amie aille regarder son émission préférée : *Sparkalina*. Mais Chloé monte dans sa chambre. Peggy en est sûre, cette fois : il y a quelque chose qui ne va pas ! Elle grimpe l'escalier et pousse la porte avec ses petites pattes.

Allongée sur son lit, Chloé sanglote. Peggy va se blottir contre elle.

– Quelle affreuse journée ! gémit la jeune fille, en enfouissant son visage dans la douce fourrure du carlin. Ellie ne veut plus être ma copine. Il y a une nouvelle élève dans ma classe.

Elle s'appelle Hannah et, maintenant, Ellie et elle sont tout le temps ensemble, même à la cantine.

Peggy essuie ses larmes à coups de langue. Elle a tant de

peine pour son amie ! Au bout d'un moment, celle-ci renifle, puis soupire.

– Merci, Peggy, dit-elle en l'embrassant sur son front plissé. Je me sens un petit peu mieux, grâce à toi.

Alors qu'elle commence à faire ses devoirs, un brouhaha résonne au rez-de-chaussée. Peggy s'empresse de descendre voir ce qui se passe. Finn, le grand frère de Chloé, mange des biscuits dans la cuisine, avec son copain Zach. Les deux font partie d'un groupe de musique appelé les Toasts à l'Avocat. Mais il a porté d'autres noms auparavant : le Vaisseau Spatial en Velours, les Requins Marteaux, et la Barbe de Gandalf. Ça change sans arrêt !

– Ce concert est prévu depuis des semaines, rappelle Finn. Jouer au marché de Noël demain est très important pour le groupe. Tu ne peux pas nous laisser tomber !

– Désolé, mon pote, répond Zach, avec un haussement d'épaules. Je dois m'entraîner pour une course de charité. Dix kilomètres, ce n'est pas rien, et je n'ai qu'une semaine pour me préparer.

– Si tu ne viens pas jouer demain, tu ne fais plus partie du groupe ! s'emporte Finn.

– Parfait ! crie son copain.

Sur ces mots, il attrape sa guitare et sort en trombe. Un moment plus tard, la mère des enfants rentre à la maison, les bras chargés de boîtes en plastique. Tandis que la famille s'attable pour le dîner, la maman déballe les sandwichs, les roulés à la saucisse et les salades qu'elle a rapportés.

– Des restes du café, ronchonne Finn. Encore.

– Toujours aussi peu de clients ? devine le père.

La maman acquiesce, visiblement inquiète.

–Je n'ai vu presque personne, aujourd'hui.

De son côté, Chloé picore dans son assiette, l'esprit ailleurs.

Elle continue de penser à Ellie, comprend Peggy.

– Ça va finir par marcher, affirme le papa. Il faut juste attendre que le bouche-à-oreille agisse.

– Je l'espère, répond la maman. Sinon, nous ne pourrons pas rembourser le prêt à la banque.

– Maman, je pourrais avoir une trottinette pour Noël ? demande soudain Ruby. Oh, et une nouvelle maîtresse, aussi ?

– Noël, marmonne la maman. Comme si on n'avait pas déjà assez de soucis !

Peggy regarde tour à tour chaque membre de sa famille. Pourquoi ont-ils tous l'air si tristes ?

2 DES INVITÉS TRÈS SPÉCIAUX

Le lendemain, tandis que Finn est déjà parti installer sa batterie, le papa emmène les filles au marché de Noël. Bien sûr, Peggy se fait une joie de les accompagner ! Premier arrêt au café, pour récupérer

des biscuits – Finn et Zach ont mangé tous ceux préparés la veille.

Comme c'est chouette, ici ! s'extasie Peggy, les narines pleines de délicieuses odeurs de pâtisseries.

Mais la maman semble toujours aussi préoccupée.

– Je n'ai vu que deux clients, ce matin, déplore-t-elle.

– Les gens doivent sans doute faire leurs courses pour Noël, tente de la réconforter Chloé. Ils viendront plus tard.

– Espérons-le, souhaite la maman, avant de leur tendre une boîte de biscuits. Tenez, ils sont pour le marché. Ce n'est pas comme si j'en avais besoin, au café.

La petite famille poursuit ensuite sa promenade jusqu'à l'école primaire, décorée pour l'occasion. Rien ne manque : guirlandes en forme de flocons, bonbons, gâteaux, jouets d'occasion, chorale.

– On peut aller voir les rennes ? demande Chloé, à peine arrivée.

C'est l'attraction phare du marché, cette année : de vrais rennes, en chair et en os ! Sans attendre, la jeune fille gagne la cour, suivie de près par Peggy. Là, un enclos a été installé pour les deux invités très spéciaux venus tout droit du pôle Nord. Avec leur belle fourrure épaisse et leurs

bois veloutés, la petite chienne les trouve absolument magnifiques.

– C'est malpoli de regarder quelqu'un comme ça, lui reproche l'un des rennes, appelé Noël.

– Désolée, s'excuse Peggy. J'adore ce que vous avez sur la tête !

– Et moi, j'aime bien ta queue en ressort, répond Holly, l'autre renne.

Le carlin les observe avec attention.

– Où sont vos ailes ? interroge-t-il.

Chloé lui a raconté un tas d'histoires sur les rennes du Père Noël, et la manière dont ils tirent le lourd traîneau à travers le ciel.

– On n'en a pas besoin, indique Holly. Parce qu'on est magiques, tu vois ?

Il décoche un clin d'œil à Noël. Peggy a encore un million de questions à leur poser, mais Chloé l'entraîne doucement vers la salle. Le concert de Finn ne va pas tarder à commencer.

– Nous sommes les Toasts à l'Avocat ! braille le garçon, dans le micro. Prêts à écouter une musique qui déménage ?

Un flot d'acclamations lui répond. Pendant qu'il frappe sur sa batterie, son amie Jasmine joue du piano électronique. Mais sans Zach à la guitare, le résultat n'est pas terrible du tout !

Ouch ! se dit Peggy, dont les tympans supportent mal ce bruit d'enfer.

– Bouh ! crie le public.

– Oh, non, se désespère Chloé.

Comme si cela ne suffisait pas, deux filles viennent d'arriver ensemble : Hannah et Ellie ! Elles ont l'air de bien s'entendre. La preuve : elles portent même des pulls assortis. Alors que le pauvre Finn s'arrête de jouer, découragé par les huées, Chloé confie Peggy à Ruby, avant de sortir. Le petit carlin aimerait suivre son amie, mais il sait que Chloé compte sur lui pour veiller sur Ruby.

Soudain, sans crier gare, la fillette l'entraîne sous le stand de peluches.

– Cachons-nous, il y a Mme Roberts, murmure-t-elle.

Mais voilà qu'un garçon insiste pour acheter Peggy !

Heureusement, Chloé revient pour la tirer de ce mauvais pas.

– Est-ce qu'on peut rentrer, maintenant ? la supplie Ruby.

– Bonne idée, accepte sa sœur, avec un soupir.

Elles rejoignent leur père et aident Finn à remballer sa

batterie. Puis, ils rentrent tous à la maison, le moral dans les chaussettes.

Oh, misère ! se désole Peggy.

Le marché de Noël n'a pas réussi à ramener la joie dans sa famille…

Cette nuit-là, la petite chienne ne cesse de se tourner sur le lit de Chloé. Elle n'arrive pas à fermer l'œil. Mais ce n'est pas à cause des rafales qui soufflent fort à l'extérieur. Elle pense à ce qui s'est passé aujourd'hui. Son amie est malheureuse, et même les gros câlins de Peggy ne sont pas parvenus à la consoler.

Je voudrais tellement l'aider ! souhaite-t-elle très fort.

C'est alors qu'elle se souvient des paroles des deux rennes. Holly lui a expliqué qu'ils étaient magiques… Si Peggy était magique, elle aussi, elle pourrait sûrement ramener le bonheur chez elle !

J'ai trouvé ! se réjouit-elle, les moustaches frémissantes d'excitation. *Je vais devenir un renne !*

Juste après, elle se demande si, une fois transformée, elle ne sera pas trop grosse pour dormir sur le lit de Chloé. Sans doute. Cette pensée la rend un peu triste. Mais elle ferait n'importe quoi pour aider la personne qu'elle aime le plus au monde.

Le lendemain matin, Peggy s'observe dans le miroir de l'armoire. Sa fourrure a presque la même teinte que celle d'un renne. Mais la ressemblance s'arrête là. Tandis que la petite chienne réfléchit, son front se plisse encore plus que d'habitude.

Il me faut des bois ! se dit Peggy.

Après le petit déjeuner, elle suit la famille dans le jardin. La pelouse est jonchée de feuilles mortes et de brindilles emportées par la tempête de la nuit dernière. Là, le carlin croise Tigre, le chat des voisins. Un chat tout sauf sympa. Quand il vient lui rendre visite, c'est toujours pour faire ses besoins derrière les buissons. Ce n'est certainement pas lui qui va l'aider à trouver une solution à son problème !

Soudain, Peggy aperçoit quelque chose : le tas de branchages ramassés par Ruby.

Oh, on dirait un bois de renne ! pense la petite chienne en regardant une brindille.

Elle s'empresse d'aller la saisir.

– Non, Peggy, se méprend Ruby. Je n'ai pas le temps de jouer avec toi, pour l'instant.

Et hop, elle reprend le bout de bois, qu'elle replace avec les autres. Mais dès qu'elle a le dos tourné, Peggy s'empare d'une nouvelle branche.

Comment est-ce que je vais pouvoir l'attacher sur ma tête ? se demande-t-elle.

– Qu'est-ce que tu fais, Queue de Cochon ? se moque Tigre.

Le carlin l'ignore. Il est déterminé à avoir des bois, d'une façon ou d'une autre ! Mais Ruby l'aperçoit.

– Méchante Peggy ! s'agace-t-elle en essayant de récupérer la brindille.

S'engage alors un jeu où c'est à celle qui tirera le plus fort. Ruby remporte finalement la partie. Prise dans son élan, la petite chienne recule et atterrit droit dans le gros tas de feuilles mortes amassées par Finn et Chloé.

Les feuilles s'envolent et s'éparpillent aux quatre coins du jardin.

– Oh, génial, grommelle Finn. Il n'y a plus qu'à tout recommencer.

– Je vais mettre Peggy à l'intérieur, intervient Chloé. Comme ça, elle ne nous dérangera plus.

Elle transporte le carlin dans la maison, avant de refermer la porte derrière elle.

Oh, misère ! se désole Peggy.

Elle n'est toujours pas devenue un renne. Et maintenant, Chloé est fâchée.

Le lendemain, Peggy est seule à la maison et elle s'ennuie. Elle a passé la matinée à essayer de trouver une manière de devenir un renne, sans y parvenir. Tandis qu'elle vagabonde dans la cuisine, ses yeux tombent sur le casier de légumes.

Ha, ha ! Et voilà ! pense-t-elle, victorieuse.

L'autre jour, à la fête de l'école, Holly et Noël grignotaient des carottes.

Si j'en mange plein, je deviendrai peut-être un renne ? se dit Peggy.

Elle sort les carottes du casier avec ses pattes et se met à les croquer. Ces légumes n'arrivent pas en première place de ses nourritures préférées – même pas à la deuxième, ni à la troisième. Pourtant, elle mâche carotte après carotte, jusqu'à ce qu'il n'y en ait plus du tout.

Bon, je vais piquer un petit somme, maintenant, décide-t-elle, pleine d'espoir.

Quelque temps plus tard, elle entend une voix.

– On est là ! crie Chloé, qui revient de l'école.

Peggy se redresse sur ses pattes. Son ventre est gonflé, et elle a des vertiges.

Je dois être en train de me transformer, en déduit-elle.

Elle file retrouver son amie dans l'entrée, avant de… vomir.

– Beurk ! s'exclame Ruby, qui se pince le nez.

– On dirait que Peggy a mangé des carottes, observe le papa, devant la flaque orange.

– Oh, pauvre petite choute ! compatit Chloé.

Apitoyée, elle l'attrape pour la câliner.

Hé, attendez une minute, pense le carlin.

Les rennes sont grands. Alors, si son amie peut la saisir dans ses bras, c'est que son plan n'a pas fonctionné. Elle a mangé une montagne de carottes… pour rien ! Peggy gémit, désespérée.

– Ne t'inquiète pas, tente de la réconforter Chloé. Je vais prendre bien soin de toi.

Pendant que son papa nettoie les saletés, la jeune fille emmène Peggy dans sa chambre. Là, elle la pose sur ses genoux et la caresse tendrement.

– Moi aussi, j'ai eu une mauvaise journée, tu sais, lui confie-t-elle avec tristesse. J'ai entendu Ellie et Hannah raconter comment elles se sont bien amusées au marché de Noël. J'avais vraiment envie de passer du temps avec Ellie pendant les vacances, mais elle préfère rester avec Hannah.

Maintenant, ce n'est plus seulement le ventre de Peggy qui souffre. Son petit cœur aussi.

J'ai besoin de magie pour rendre son sourire à Chloé, pense-t-elle.

Le ventre de Peggy se porte beaucoup mieux, le lendemain. Mais elle n'a toujours pas trouvé le moyen de devenir un renne. Après l'école, Chloé et Ruby entreprennent de réaliser des cartes de Noël, dans la cuisine. Le carlin les observe avec intérêt.

– Tu dessines une carte pour Ellie ? demande Ruby à sa sœur.

Celle-ci secoue la tête.

– On n'est plus copines, avoue-t-elle. C'est pour ma maîtresse.

– Moi, je ne vais pas en faire une pour Mme Roberts, déclare Ruby. Elle est trop méchante.

Elle regarde la carte peinte par Chloé, qui représente le Père Noël avec son traîneau rempli de cadeaux.

– Pourquoi est-ce que ce renne a un nez rouge ? interroge-t-elle.

– C'est Rodolphe, explique la jeune fille. Le renne le plus magique.

Peggy dresse les oreilles.

Si j'ai un nez rouge, je serai aussi magique que Rodolphe ! pense-t-elle.

Soudain, elle sait quoi faire. D'un bond, elle saute sur la table et enfouit sa petite truffe dans le pot de peinture rouge, en renversant les autres au passage.

– Hé ! s'écrie Chloé. Qu'est-ce que tu fais ?

Est-ce que je suis un renne, maintenant ? souhaite Peggy.

Elle vérifie son reflet dans la porte vitrée du four. Un carlin avec la tête toute peinturlurée lui rend son regard.

– Peggy a taché mes cartes ! se plaint Ruby.

La petite chienne baisse les yeux sur les dégâts qu'elle a provoqués.

Elle a tout gâché… encore. Il ne reste plus que deux semaines avant Noël, et Peggy n'a toujours pas rempli sa mission. Il faut affronter la vérité en face : elle a besoin d'un super plan, et vite !

Le matin suivant, Peggy se réveille si excitée qu'elle ne prend pas la peine de déjeuner. La promenade jusqu'à l'école est l'un de ses moments favoris dans la journée. En plus, elle a trouvé un plan ! Pour devenir un renne, elle doit tout simplement demander de l'aide au…

Père Noël ! Holly et son ami doivent sûrement savoir où il habite.

Hélas, elle est bien la seule à être de bonne humeur. Finn râle parce qu'il n'a toujours pas déniché de nouveau guitariste pour son groupe. Maman se désespère à la vue des factures qui s'entassent. Chloé a une sortie scolaire, ce qui ne la réjouit pas, puisqu'Ellie va sûrement vouloir rester avec Hannah. Enfin, Ruby manque à l'appel. Heureusement, grâce à son flair, Peggy ne tarde pas à la retrouver sous le lit des parents.

– Elle est là ! aboie-t-elle.

– Je ne veux pas aller à l'école, annonce la petite fille. Je déteste ma maîtresse !

Son papa réussit à la convaincre. Mais comme la

famille est très en retard, il décide d'emmener les filles en voiture. Peggy n'a pas droit à sa petite marche matinale.

– Non ! jappe-t-elle, effarée.

Je dois aller à l'école pour parler à Holly et à Noël !

Elle essaie de pousser la barrière de toutes ses forces, sans succès.

– Tu ne vas jamais y arriver comme ça, se moque Tigre, du haut de la clôture. Tu dois sauter par-dessus.

– Tu es un génie ! s'exclame Peggy.

– Je sais, se vante le chat.

Elle prend son élan, bondit et... Bam ! Elle percute les planches.

– Ouille ! grogne-t-elle.

Tigre lui montre ensuite comment escalader. La pauvre Peggy essaie de l'imiter, mais elle atterrit sur son derrière. Ses griffes ne sont pas suffisamment aiguisées pour pouvoir s'agripper. Et puis, elle n'est pas un chat, voilà ! Cette évidence lui donne une idée. Les carlins ne sont peut-être pas très doués pour bondir et sauter, mais ils savent... creuser !

À force de persévérance, elle réussit à percer un tunnel sous

la clôture. Il ne lui reste plus qu'à s'y glisser. Parvenue de l'autre côté, la petite chienne hésite. C'est quand même la première fois qu'elle sort se promener toute seule !

Mais elle prend son courage à deux pattes. Elle trottine le long de l'allée, avant de gagner la rue. Pour se repérer, elle flaire le sol, à la recherche d'une odeur familière.

Ça y est ! Peggy suit cette piste, jusqu'à ce qu'elle se cogne contre une porte vitrée. Hélas, elle n'est pas arrivée à l'école, mais au café de la maman !

Elle repart aussitôt. Il n'y a pas une minute à perdre. Une mission de la plus haute importance l'attend !

4

OÙ EST L'ÉCOLE ?

Peggy jette un petit coup d'œil à gauche et à droite. Voyons, par où est-elle passée, le jour du marché de Noël ?

C'est par là ! décide-t-elle.

Elle longe plusieurs boutiques, puis des maisons, avant d'atteindre un carrefour. Quel chemin prendre, maintenant ?

Je vais aller à droite, choisit-elle. *Parce que maman dit toujours que c'est bien d'être adroite.*

Se trouvant très futée, elle fait de même à chaque nouveau croisement. Soudain, elle s'arrête devant une habitation. Ça alors ! Le bonhomme de neige gonflable, planté au milieu du jardin, ressemble à s'y méprendre à celui qu'elle a vu, un peu plus tôt. Tout comme le tricycle posé contre la clôture, et la voiture rouge garée dans l'allée.

Je tourne en rond ! comprend Peggy.

Elle se met à renifler le sol. Elle y détecte un tas d'odeurs, mais pas celle de sa famille. Épuisée et affamée, elle s'assoit un instant devant une maison. Mais voilà qu'un énorme chien accourt droit vers elle !

– Dégage de ma pelouse ! gronde-t-il, à travers ses crocs menaçants.

Peggy se dépêche de déguerpir. Par chance, elle rencontre un gentil écureuil qui lui indique la direction de l'école. Sauf qu'il s'agit en fait d'un terrain de jeux pour tout-petits.

– Oh, un toutou ! s'écrie une fillette.

– Il est trop mignon, commente un garçonnet, en lui donnant l'un de ses biscuits.

– Il est tout ridé, comme ma mamie, s'amuse une autre petite fille.

Peggy remue la queue, ravie.

– J'espère que le Père Noël va m'apporter un toutou comme ça, souhaite le garçon.

Le Père Noël ! se souvient le carlin.

Peggy doit trouver Holly et Noël ! Alors qu'elle reprend ses recherches à travers les rues, elle croise une jeune fille avec un cartable sur le dos. Ça signifie que l'école est finie ! Si c'est ça, les grilles sont sûrement fermées, à l'heure qu'il est, et la chienne ne pourra plus interroger les deux rennes. Peu à peu, la nuit tombe, et de belles

décorations s'allument devant les maisons.

Au détour d'une avenue, Peggy aperçoit un superbe renne perché au-dessus d'une porte. Son cœur fait un bond.

– Excuse-moi ! le hèle Peggy, folle de joie.

Mais le renne ne répond pas.

– Coucou, poursuit la petite chienne. Tu vois, j'espérais que tu pourrais m'aider à trouver le Père Noël…

Pile au même instant, le renne s'illumine. C'était juste une décoration. Peggy est très déçue… De plus en plus fatiguée, elle poursuit son chemin, sans trop savoir où aller. Soudain, elle sent quelque chose de froid atterrir sur son nez. Un flocon de neige ! À bout de forces et gelée, elle se recroqueville sur

le perron d'une maison. Une vieille dame ouvre la porte.

– Il me semblait bien avoir entendu du bruit, dit-elle. Oh, pauvre petite chose ! Viens, tu seras mieux à l'intérieur.

Bientôt, Peggy se retrouve sur un canapé douillet, devant un bon chauffage.

– Je m'appelle Sue, se présente la vieille dame, en lui offrant une assiette de saucisses.

Peggy lui lèche la main pour la remercier. Puis sa nouvelle amie s'installe près d'elle, avec son nécessaire à tricot.

– Je me sens si seule, confie-t-elle. Ça me fait plaisir d'avoir

un peu de compagnie… Tiens, on dirait que ce pull t'irait comme un gant.

Bien au chaud dans son nouveau vêtement, l'estomac rempli, le carlin s'endort au doux cliquetis des aiguilles à tricoter…

Le lendemain, Peggy est réveillée par une succulente odeur. Ses petites pattes sont toutes endolories, et que porte-t-elle sur le dos ? Ruby lui aurait-elle encore enfilé des vêtements de poupée ? Brusquement, Peggy se souvient. Elle n’est pas à la maison, mais chez la gentille Sue.

– Bonjour, petit chien mystérieux ! la salue gaiement celle-ci. Elle est en train de faire frire du bacon pour le petit déjeuner. De quoi mettre Peggy en appétit ! Le repas terminé, Sue décroche son téléphone.

– Je vais prendre rendez-vous chez le vétérinaire, annonce-t-elle. Grâce à ta puce électronique, il pourra retrouver ton propriétaire.

Non ! pense Peggy.

Même si elle meurt d'envie de revoir sa famille, elle n'a pas terminé sa mission. Elle fonce jusqu'à la porte, en espérant que Sue saisisse le message.

– Oh, suis-je bête ! comprend-elle. Tu as envie de faire tes besoins, c'est ça ?

Une fois dehors, Peggy en profite pour s'enfuir.

– Reviens ! lui crie la vieille dame.

Mais la petite chienne ne l'écoute pas. Elle galope le long des rues recouvertes de neige. Elle se sent triste d'abandonner l'adorable Sue de cette façon. Mais elle doit aider sa famille et, pour cela, trouver le Père Noël.

C'est alors que, tout à coup, un homme vêtu de rouge avec une barbe blanche – et des baskets – surgit devant elle.

– Père Noël ! aboie Peggy. Je dois vous parler !

Mais il continue de courir.

– Attendez ! lui crie Peggy en le poursuivant.

Tandis qu'elle croit l'avoir perdu de vue, d'autres Pères Noël arrivent dans le parc. Il y en a des petits, des grands, des minces, des plus ronds. Certains ont des écouteurs vissés aux oreilles ou tiennent des bouteilles d'eau. Il y a même des jeunes femmes ! Un seul point commun : leur déguisement orné d'un numéro accroché dans le dos.

– Stop ! tente de les arrêter Peggy. Lequel d'entre vous est le vrai Père Noël ?

Aucun des concurrents ne ralentit. Au contraire.

– Allez ! les encourage une femme avec un serre-tête en forme de bois de renne.

– S'il vous plaît, aidez-moi ! les supplie Peggy. C'est très important !

– Va-t'en ! la rabroue un coureur. Je suis tout près de la ligne d'arrivée !

Le carlin se dit que ça ne peut pas être lui, le Père Noël : il est vraiment trop bougon. Mais lequel est-ce, alors ? Elle va se planter devant les coureurs.

Surpris, l'un d'eux la contourne et percute un autre concurrent. À partir de là, c'est la chute en série ! Les barbes blanches et les bonnets à pompon s'envolent dans les airs, tandis que plusieurs Pères Noël dégringolent les uns sur les autres.

Certains reprennent aussitôt leur course. Mais un Père Noël au regard gentil examine Peggy.

– Hé, mais je te connais, toi ! s'exclame-t-il. Qu'est-ce que tu fabriques toute seule, ici ?

Il retire sa barbe. C'est Zach, le copain de Finn !

Tandis que Zach observe Peggy, une jeune fille accourt vers eux. Il s'agit d'Ellie, l'amie de Chloé. Elle désigne un arbre, où est collé un avis de recherche avec la photo de Peggy.

– Quand j'ai vu ça, j'ai voulu donner un coup de main,

explique-t-elle en saisissant doucement le carlin. Chloé doit être tellement triste !

– Oui, et Finn aussi, approuve Zach. Il adore sa boule de poils.

La femme avec ses bois de renne les rejoint.

– Je n'ai pas pu m'empêcher d'écouter votre conversation, intervient-elle. Et si j'appelais les propriétaires ?

Elle sort un téléphone portable de la poche de son manteau, avant de composer le numéro indiqué sur l'avis de recherche.

Oh oh ! s'affole Peggy.

Elle se tortille pour essayer de s'échapper, mais Ellie la tient avec fermeté.

– Tu n'iras nulle part, sauf chez toi, affirme-t-elle. Je suis sûre que tout le monde est mort d'inquiétude.

Peggy se sent terriblement coupable. Tout ce qu'elle voulait, c'était redonner le sourire aux membres de sa famille. Et elle les a rendus encore plus tristes !

Peu de temps après, elle entend quelqu'un crier.

– Te voilà ! se réjouit Chloé, en se précipitant vers elle.

Finn la suit, avec leurs parents et Ruby.

– Chouette pull, boule de poils, commente Finn.

C'est à qui lui fera le plus de caresses ! Peggy a l'impression que son petit cœur va exploser de bonheur. Sa famille n'est plus

fâchée contre elle. Ils semblent juste enchantés de la retrouver.

– Merci infiniment, dit la maman à la dame au serre-tête, avant de la reconnaître. Oh, Mme Roberts !

La maîtresse de Ruby se baisse pour câliner à son tour Peggy.

– Tu as de la chance de l'avoir, déclare-t-elle à son élève. J'aimerais beaucoup avoir un chien, moi aussi, mais je vis en appartement, sans jardin.

– Vous aimez les animaux ? demande timidement la petite fille.

– Je les adore, lui répond sa professeure. J'ai un chat qui s'appelle Willow.

Tandis que Ruby lui parle de Peggy, des coureurs sortent du parc en arborant des médailles. Finn se tourne vers Zach.

– Je suis vraiment désolé que tu n'aies pas pu finir ta course.

– Pas grave, lui répond son ami. Il y a des choses plus importantes dans la vie !

Embarrassé, il toussote, avant de continuer :

– Et pour le groupe, ça se passe comment ?

– On n'a toujours pas trouvé de guitariste, lui avoue Finn. Tu es intéressé ?

Zach sourit jusqu'aux oreilles.

– Et comment !

Les deux copains se tapent dans la main pour fêter ça. Ils trouvent également un nouveau nom à leur groupe : Vitesse Maximale.

Tandis que le papa décroche l'avis de recherche, Chloé sourit timidement à Ellie.

– Merci de nous avoir aidés à retrouver Peggy.

– De rien, lui répond sa copine. Tu es ma meilleure amie pour toujours.

Pendant qu'elles bavardent, le carlin repère un autre chien. Un petit terrier femelle avec un pelage hirsute et un nœud sur la tête. Elle est tenue en laisse par une jeune fille du même âge que Chloé et Ellie. Comme elle remue la queue, l'air de vouloir jouer, Peggy vient la renifler.

– Coucou, mon nom est Princesse, se présente-t-elle. Ne fais pas attention, ce n'est pas moi qui l'ai choisi.

– C'est sympa, commente Peggy.

Et Princesse l'est aussi. Bientôt, les deux nouvelles amies galopent ensemble dans la neige.

– Peggy ! s'écrie Chloé, en accourant vers elle. L'espace d'une seconde, j'ai cru que je t'avais encore perdue !

Puis elle regarde la propriétaire de Princesse, qui n'est autre… qu'Hannah !

– Ellie m'a raconté que tu avais perdu ton carlin, confie cette dernière. Alors je suis venue au parc pour voir si je pouvais le trouver.

Chloé se baisse pour caresser Princesse.

– Elle est craquante.

– Merci, lui répond Hannah, avec un sourire. On dirait que nos petites chiennes s'entendent bien. Peut-être qu'on pourrait devenir amies, nous aussi ?

– J'adorerais ça, approuve Chloé.

Quoi de mieux qu'un goûter pour célébrer toutes ces retrouvailles ? La maman invite les amis et les coureurs qui le souhaitent à venir déguster une bonne pâtisserie dans son café. Une heure plus tard, l'établissement est

plein à craquer. Assises ensemble, Ellie, Hannah et Chloé dégustent des chocolats chauds surmontés d'une montagne de chantilly, tandis que Princesse grignote un biscuit pour chiens. De leur côté, les concurrents affamés engloutissent des sandwichs. Ruby, qui porte le serre-tête de sa maîtresse, discute avec elle.

Pendant ce temps, les parents, aidés de Finn, s'occupent de les servir. Soudain, Peggy bondit des genoux de Chloé et rejoint une cliente.

– Oh, c'est toi ! s'exclame Sue. Le petit chien mystérieux.

– Vous connaissez Peggy ? s'étonne le papa.

– Elle a passé la nuit chez moi, lui explique la vieille dame. Je l'ai trouvée, grelottante, sous mon porche. J'ai pris soin d'elle et je lui ai donné ce pull.

– Mille mercis d'avoir veillé sur notre Peggy, lui dit la maman.

Sue lui sourit.

– Je vous en prie. Je vis seule, alors c'était agréable d'avoir un peu de compagnie.

Soudain, une idée traverse l'esprit de la maman. Les chiens ont le don d'égayer un endroit. Et si elle les autorisait dans son café ? En plus, comme ça, Peggy pourrait l'accompagner : elle ne s'ennuierait plus à la maison !

Toute la famille approuve son idée. Mais pas seulement !

– Je viendrai ici chaque jour si je peux avoir des câlins de Peggy, déclare Sue.

Peggy se frotte contre ses jambes, heureuse de lui rendre service. L'un des Pères Noël promet lui aussi de venir, après sa course matinale avec son labrador. Et ce n'est qu'un début !

– On devrait trouver un nom pour le café, propose Zach. *Tasses et Nonosses* ?

– Et pourquoi pas *Chiots et P'tits Gâteaux* ? suggère Finn.

Tout le monde adore, y compris Peggy…

Ce soir-là, la famille décore le sapin de Noël. La maison est remplie de rires et de joie. Peggy n'est pas devenue un renne. Elle n'a pas non plus trouvé le Père Noël. Mais sa famille est heureuse, et c'est bien tout ce qui compte…

Fin

Table

1. Chloé est triste 7
2. Des invités très spéciaux ! 23
3. Devenir un renne 41
4. Où est l'école ? 59
5. Les retrouvailles 79

PAPIER À BASE DE FIBRES CERTIFIÉES

hachette s'engage pour l'environnement en réduisant l'empreinte carbone de ses livres. Celle de cet exemplaire est de : 300 g éq. CO_2
Rendez-vous sur www.hachette-durable.fr

Photogravure Nord Compo - Villeneuve-d'Ascq

Imprimé par Macrolibros en Espagne
Dépôt légal : novembre 2020
Achevé d'imprimer : octobre 2020
48.4917.9/01 – ISBN 978-2-01-628836-8
Loi n° 49956 du 16 juillet 1949
sur les publications destinées à la jeunesse